Ruine

et

Famine

ORLÉANS

IMPRIMERIE Georges MICHAU et Cie

9, rue de la Vieille-Poterie, 9

—

1897

Ruine

et

Famine

De profundis clamavi !

C'est bien loin des hauteurs gouvernementales
que ces lignes sont écrites.

Les pluies d'automne, presque journalières, ne m'ont permis d'ensemencer que le quart de mes terres à blé.

Depuis cinq jours, la neige qui leur a succédé couvre le sol. Les chevaux inoccupés brisent à l'écurie, les autres animaux font de même aux étables; les moutons bêlent impatients de leur réclusion. Les volailles, plumes fripées, frissonnent dans les coins où elles s'abritent d'un vent glacé, secouant les portes, poussant les fenêtres fouettées de grésil.

Les servantes transies piétinent des cours aux laiteries, aux fourrageries, pour le dur service des bêtes; tandis que les hommes s'ébrouent et bâillent d'ennui à des travaux à peu près inutiles.

Au foyer, ma femme songe tristement en se livrant aux apprêts du dîner, non gagné, d'un personnel forcément inactif.

Depuis plus de deux mois, cette inactivité s'impose presque chaque jour. Les réflexions amassées jaillissent de ma mémoire, de nouvelles se produisent; ayant le temps de les formuler, je le fais, sans illusions sur le résultat.

Il y a près de vingt ans que, plein d'espoir, j'ai succédé à mon père dans l'exploitation de la ferme qu'il dirigeait. La terre encore fertile, des prix de vente couvrant les frais, lui laissaient, après quarante ans d'énergique travail, non l'aisance comme on la comprend à la ville, mais l'aisance salubre du campagnard.

Que de changements depuis lors! la terre, peu à peu surchargée de cultures ininterrompues, ne produit plus herbages, céréales, etc... que sous l'action d'intenses fumures industrielles, faisant éclore d'innombrables animalcules pullulant formidablement, vivant au détriment de nombreux végétaux;

absorbant les sèves que le sol amaigri peut encore retenir, développant dans les pâturages des germes épizootiques et dans l'atmosphère des moisissures, des ferments, autrefois inconnus; desséchant sur leurs tiges altérées les récoltes de nos vignobles, aux reconstitutions sans durée.

Les rares cultivateurs se refusant à l'emploi de ces fumures ne peuvent se soustraire à leur pernicieuse influence. Les incursions, les infiltrations, les vents, les pluies, en propagent chez eux les éléments de destruction.

Peut-on blâmer ceux qui en font usage? Si l'emploi s'en est généralisé, c'est que depuis quinze ans le prix de vente des principales récoltes de grains, ayant graduellement diminué de 30 à 35 pour cent, il a fallu, pour éloigner la ruine, imposer à la terre cette production sans repos, impossible sans leur emploi.

Nous avons compromis l'avenir par l'épuisement du sol et nous succombons sous l'indifférence générale.

Les plus importantes lignes de chemins de fer et compagnies maritimes qui, subventionnées par l'État, devraient être les alliées des producteurs français, réservent aux produits agricoles étrangers des prix de transport excessivement réduits.

L'abondance de l'argent a fait diminuer de 50 pour cent la valeur de ce métal. La quantité employée à la fabrication d'une pièce de cinq francs, se paye aujourd'hui moins de deux francs cinquante. Néanmoins, la monnaie qui en provient continue à conserver en France cours forcé au taux d'autrefois. Mais aux pays de grande production agricole, le commerce d'exportation livre ses marchandises avec d'énormes réductions, lorsque le paiement se fait en or.

Des associations occultes, maîtresses de notre numéraire par la situation de leurs membres, banquiers, financiers, etc., se procurent l'or français pour effectuer d'immenses achats de céréales et de bétail, provenant de fertiles territoires bien moins imposés que nos terres françaises et cultivés par des malheureux à peine vêtus, à peine nourris, et souvent impayés ; ce qui permet à leurs maîtres de vendre à des prix excessivement réduits, que le paiement en or abaisse ensuite sans mesure.

Avec ces produits ainsi obtenus, l'agiotage base les cours et provoque les offres précipitées de l'agriculture en détresse, avidement exploitée à l'insu du consommateur, dont les prix d'achat ne se modifient guère que pour s'élever.

Et pendant ces trafics, nos ventes pour l'étranger étant annuellement, depuis vingt ans, inférieures de plusieurs centaines de millions aux achats que nous lui faisons, l'or exporté ne nous revient pas ; et comme celui réservé pour le suivre, il est remplacé dans la circulation par des papiers de fabrication facile, ou des monnaies d'argent ayant perdu pour le commerce extérieur leur valeur fictive ; ce qui, à bref délai, va réduire de moitié nos moyens de transaction.

On pourrait se résigner à ce résultat en songeant qu'il aura pour effet certain la cessation de nos acquisitions à l'extérieur et leur retour à notre production nationale ; si l'on n'en prévoyait avec certitude la désastreuse insuffisance, l'envahissement commercial étranger en accentuant tous les jours la ruine.

Nos pouvoirs publics, régulièrement et largement appointés, ignorent la détresse résultant de ces procédés et sont hors d'état d'étudier, dans leur ensemble, leurs décisions à ce sujet.

Entourés par les opérateurs de la haute spéculation, ils en sont arrivés à considérer le savoir-faire de ceux-ci comme indispensable à l'approvisionnement du pays et à les favoriser par des facilités d'entrepôt et de délais renouvelés, qu'ils utilisent au détriment des producteurs français et de l'esprit des lois.

L'agriculteur français est tributaire écrasé de ces agissements, contre lesquels il réclame en vain.

Trop souvent forcé de vendre ses moissons presque sous les pas des faucheurs, depuis plusieurs années il cède à tous prix, aussitôt disponibles, ses produits de toutes natures, quelque minime que soit l'offre.

Il épuise ses derniers moyens d'action pour retenir un personnel de plus en plus restreint, de plus en plus découragé, las comme lui, n'espérant plus vivre du travail du sol.

Bien peu vont pouvoir lutter encore. La cessation de la concurrence étrangère sera actuellement insuffisante sans l'aide financière, indispensable pour préserver des ventes onéreuses qu'imposent les besoins urgents, et pour permettre de restituer au sol la salubrité perdue et la fécondité compromise ; ce qui nécessite : Défrichements de terres forcément négligées, reprise des labours fréquents et raisonnés. Surabondante production d'engrais vert et de fumiers de litière ; et par suite, augmentation de personnel, matériel et bétail.

Où en seraient la plupart d'entre nous, si les propriétaires de nos exploitations eussent, dans ces dernières années, exigé le paiement régulier des fermages, ou hésité à emprunter pour aider leurs fermiers sur le point de laisser leurs terres incultes? Combien de temps, dans ces conditions, pourront-ils entretenir nos bâtiments, payer nos impôts, solder leurs dépenses générales donnant aux ouvriers des villes les travaux accoutumés.

S'il est sans économies d'autres temps, le petit propriétaire cultivateur, opérant lui-même sans frais de personnel, ne peut élever deux ou trois enfants sans emprunts successifs et vit dans un malaise croissant impossible à dissimuler.

Le propriétaire cultivant lui-même avec l'aide d'un personnel salarié, vend actuellement ses produits de 20 à 30 pour cent au-dessous du prix de revient. S'il n'a d'autres ressources que le rapport cultural, il reste impuissant à satisfaire les prêteurs et les fournisseurs, comme lui à bout d'efforts, et vit accablé sous leurs continuelles réclamations.

Il ne peut, en vendant ses terres, se soustraire à ces énervantes difficultés. La situation actuelle interdit tout espoir de rencontrer un acquéreur au comptant à des prix acceptables. ou de trouver fermier ou acquéreur à terme offrant quelque garantie.

Une augmentation bien insuffisante vient de se produire sur le prix du blé et déjà on entend dire dans les villes : Le pain augmente, facilitons les envois étrangers, abaissons les droits de douane.

Les propriétaires citadins et les propriétaires agricoles sont les indispensables alliés de la vie ouvrière des villes. Les familles agricoles ont commencé à restreindre leurs dépenses, du grand propriétaire terrien au plus modeste journalier ; tous vont avoir à les diminuer encore dans des proportions inattendues.

Les travailleurs industriels en souffriront gravement et destineront à leur nourriture les salaires réduits par le chômage. Dès lors, les loyers resteront souvent impayés et les achats ou travaux auxquels leur recette donne lieu cesseront de s'effectuer.

Le pain étranger ne valût-il que moitié du pain français, il faudra des fonds pour l'acheter. Le travail seul peut en procurer pacifiquement. Qui le donnera : Les cultivateurs endettés, épuisés...? Les propriétaires sans revenus.. ? Est-ce l'étranger, qui nous vend abondamment et fabricant chez lui à un bon marché que nous ne pouvons atteindre...? Où serait-ce l'État, alors sans rentrées suffisantes d'impôts, réduit à l'émission à cours forcé de papier-monnaie lancé sans mesure, sans garantie réelle et discrédité à l'avance ? ·

Ni les uns ni les autres, n'est-ce pas ?... Et bien, alors...!

Envisageons résolument la situation :

Il y a un demi-siècle, l'ouvrier agricole français vivait dans l'ignorance, soumis aux privations et aux efforts exténuants. Il s'est demandé un jour pourquoi cette vie de misère profonde à côté d'existences luxueuses, il a exigé et a obtenu, par des élévations de salaire successives, un mode de vivre plus acceptable et la cessation du surmenage exigé des travailleurs d'autrefois. Une production moindre pour un salaire double en a été la conséquence.

L'aide appréciable donnée par les enfants a été supprimée par l'obligation de présence aux écoles jusqu'à l'âge de treize ans.

Depuis quinze ans, les bourses ouvertes à toutes les jongleries financières, et à tous les emprunts des pays voisins, se sont fermées à nos besoins agricoles.

Le chiffre de nos impôts est arrivé au double de celui du plus grévé des autres états.

La séquestration de toute la jeunesse française, pour une militarisation prolongée rendant ennemi de la tâche assidue comme des rudes labeurs et ramenant au niveau disciplinaire les énergies et les intelligences, accentue de plus en plus notre décadence productive.

Si la France ne peut avoir moins de travailleurs au service des casernes, ne pourrait-elle mettre moins de capitaux au service de ses rivaux ; ne pourrait-elle en réserver pour rendre l'activité au travail national.

Un effort pour renvoyer les jeunes enfants aux champs et aux ateliers et ramener les travailleurs à la pénurie et aux fatigues exorbitantes du passé serait odieux.

Mais, si elle n'est modifiée à bref délai, notre gestion financière imposera d'elle-même le retour à cet état de choses.

Que se passera-t-il avant...? Où descendrons-nous après...?

———

De bienveillants chercheurs, peu initiés aux détails de la vie agricole, s'occupent théoriquement d'agriculture, et nous adressent des conseils d'efforts nouveaux, de cultures de remplacement, d'emploi d'instruments à grand travail, d'augmentation de bétail, etc..., etc...

Ignorons-nous donc ce qui peut être fait...? Mais, pour suivre ces conseils superflus, il faut : capitaux disponibles, température favorable, personnel et attelages plus nombreux pendant quelques semaines, et qu'on ne saurait ensuite comment utiliser. Puis, surtout, il faudrait espoir de vente rémunératrice, impossible actuellement.

Combien regrettent aujourd'hui leur docilité aux avis incessants préconisant : engrais, semences, plants, instruments de toutes sortes ; ayant inutilement immobilisé ou dispersé leurs fonds.

Organisez entre vous des sociétés de crédit mutuel, nous dit-on encore ! C'est nous dire : Réunissez votre gêne à celle des voisins, offrez-la en nantissement de vos demandes de prêts. Singulière garantie qu'une réunion d'emprunteurs, vendant au-dessous du prix de revient et n'ayant à offrir, pour sûreté, que des propriétés foncières ou mobilières, et des efforts produisant un tel résultat.

On ne saurait trop le répéter, l'agriculture ne pourra réparer ses pertes sans prêts de capitaux. Mais quelles sociétés financières consentiraient à immobiliser des fonds de la préparation des terres à la vente des récoltes, de l'achat du bétail à sa vente après engraissement. ? Et consentiraient-elles aux renouvellements trimestriels que les frais seraient inacceptables ; car la culture ne peut, comme l'industrie, renouveler plusieurs fois ses opérations dans le cours de l'année.

Les prêts particuliers se faisant à longs termes seront seuls efficaces. On les rendrait possibles : 1° Par l'interdiction temporaire sur le marché français de nouvelles émissions d'emprunts étrangers ; 2° Par le vote d'une loi d'assurance mutuelle obligatoire, contre les pertes résultant des intempéries ; 3° Et par des mesures douanières réellement protectrices, réellement appliquées. (*Voir page* 10.)

Pour provoquer le retour confiant des capitaux particuliers et permettre aux cultivateurs de lutter contre les spoliations des spéculateurs ruinant le pays, chaque commune ne pourrait-elle être tenue de prendre à loyer un local de consignation donnant aux établissements financiers toute sûreté, pour prêts individuels de quelques mois, sur des céréales emmaga-sinées ? (*Voir page* 12.)

Par suite de l'échelonnement des demandes et des fréquents remboursements résultant des ventes continues, un crédit de deux cents millions ramènerait à un rendement numéraire équitable les trois millions de petites propriétés culturales si appauvries. Et alors, par l'acquisition régulière de nécessaires produits industriels dont elles se privent depuis plusieurs années, les familles agricoles recommenceraient à contribuer au bien-être des ouvriers des villes.

La Banque de France, sur le point de traiter à nouveau avec l'État, pourrait, sans courir aucun risque, prendre l'initiative de cette première phase de la protection que nous réclamons.

———

Depuis longtemps, de hauts administrateurs ont successivement promis d'assurer à l'agriculture une prospérité si nécessaire à la prospérité nationale. Est-on fondé à suspecter la franchise de ces bons vouloirs paralytiques tant de fois exprimés ?

Évidemment le manque de temps et de renseignements l'interposition d'influents intérêts opposés, ont jusqu'ici fait différer propositions étudiées et solutions si nerveusement désirées.

La population agricole est-elle fondée à s'en plaindre, n'est-ce pas à elle à faire connaître nettement sa situation critique, à en déterminer les causes et les moyens d'amélioration? Essayons :

PROPOSITIONS

Mesures douanières

1° Chaque commune adressera annuellement, avant le 15 décembre, par voie préfectorale, au Ministère de l'Agriculture, le relevé des récoltes céréales de l'année. En cas de chiffre inférieur à celui de la consommation, les négociants nationaux et les exportateurs étrangers seront invités à s'inscrire pour présenter, du 1er mars au 1er mai, le complément sur nos marchés, moyennant remise de partie ou totalité des droits.

2° A la fin de chaque trimestre, les bestiaux disponibles pour la consommation seront déclarés à la mairie par leurs possesseurs. Il en sera tenu registre que tout acheteur pourra consulter moyennant un droit de 25 centimes. En cas de vente, la mairie sera avisée par le vendeur dans un délai qui ne pourra excéder trois jours.

L'ensemble départemental du relevé trimestriel sera, par voie administrative, adressé au Ministère de l'agriculture, avant l'expiration de la première quinzaine de chaque trimestre.

3° L'époque de la vente du bétail français restant facultative pour les possesseurs, on facilitera l'approvisionnement par bétail étranger, en défalquant des prix du tarif douanier les dépenses de litière, de nourriture et de place à l'étable, pendant un mois, d'un nombre déterminé d'animaux importés. Au début de chaque année un avis ministériel fixera les chiffres à ce sujet;

4° Suppression de l'admission temporaire en franchise. Obligation pour l'importateur de produits agricoles d'acquitter les droits de douane dès l'arrivée;

5° Taxation douanière surélevée de 50 pour cent sur les céréales, de 75 pour cent sur le bétail abattu et 50 pour cent sur le bétail vivant;

6° Interdiction à tout fournisseur de l'Etat de livrer, en temps de paix, des produits alimentaires provenant de l'étranger, sauf autorisation ministérielle pour disette constatée. Responsabilité pécuniaire du ministre autorisant.

La concurrence préserve de l'exagération les prix industriels, elle préservera de l'élévation exagérée les prix agricoles.

DÉGRÈVEMENTS

Successions et échanges

1° Suppression des taxes de mutation et enregistrement, pour échange de parcelles agricoles inférieures à un hectare;

2° Suppression des mêmes taxes, au profit des héritiers en ligne directe ou du conjoint survivant; pour héritage de terrains de culture ne dépassant pas deux hectares;

3° Suppression des mêmes taxes, au profit des héritiers en ligne directe ou du conjoint survivant ; pour héritage d'une habitation rurale d'une valeur inférieure à quatre mille francs inclusivement ;

4° Dispense de papier timbré pour tous actes notariés ou autres, dans les cas ci-dessus indiqués.

Dégrèvements Hypothécaires

L'obligation de participation aux dépenses publiques ne peut justifier les lourdes taxes, exclusivement prélevées sur les besoins financiers des surchargés du travail.

1° Les droits d'enregistrement pour prêts hypothécaires mainlevées desdits, sur propriétés agricoles (*terres et bâtiments*) seront réduits de 75 pour cent, et tous actes à ce sujet seront rédigés sur papier libre ;

2° Le montant des prêts sera déduit de l'actif des successions, au profit des héritiers en ligne directe ou du conjoint survivant ;

3° Un attermoiement de remboursement, non enregistré, résultant simplement d'accord tacite entre les parties, n'infirmera en rien cette disposition.

PROTECTION FINANCIÈRE

1° Obligation pour chaque commune de posséder, en propriété ou en location, un local de consignation sous la surveillance du Maire ;

2° Les cultivateurs pourront y déposer des céréales, en garantie d'emprunt ;

3° Sur attestation de dépôt signé du Maire, la Banque de France prêtera 70 pour cent de la valeur, basée sur le cours du marché de Paris précédant le prêt ; moyennant intérêt de 0 fr. 40 pour cent par mois, et sans autre formalité qu'une reconnaissance du débiteur inscrite au verso de l'attestation de dépôt et un avis, du même, adressé à la mairie par l'entremise de la Banque de France. Le tout sur papier libre et sans taxe d'aucune sorte ;

4º Si, dans l'intervalle des quatre mois qui suivront, le prêt n'a pas été remboursé, à défaut du débiteur, le maire fera procéder à la vente du nantissement, au cours du plus voisin marché et en répartira le produit, contre quittance des intéressés sur papier libre dispensé de timbre d'acquit ou taxe quelconque ;

5º Obligation de livraison en nature, pour marchés à terme sur marchandises agricoles. Rejet de recours pour dette de différence des cotes ;

6º Indemnité par assurance mutuelle obligatoire, pour les pertes agricoles résultant d'intempéries ;

7º Exclusion du marché français, pendant dix années, de toute nouvelle émission d'actions ou obligations de sociétés étrangères, ou de sociétés françaises exploitant à l'étranger.

Nos prêts à l'étranger sont actuellement de vingt milliards, ainsi répartis : douze milliards pour les fonds d'État, huit milliards pour les entreprises industrielles !'.. Continuerons-nous à coopérer à la réunion d'armées et canons pointés sur nous, ainsi qu'aux besoins financiers de manufactures, d'exploitations, destructives des nôtres.

Par la mise en vigueur des mesures proposées, les recettes de l'État pourront diminuer de cent cinquante millions. Faire face au déficit, par l'élévation des taxes sur les opérations de bourse, à terme, serait une œuvre de moralisation sociale. L'élévation des taxes sur les tabacs pourrait au besoin s'y ajouter.

A défaut de ce qui précède, on réaliserait des économies correspondantes. Comme la nation, les pouvoirs publics n'ignorent pas que ce déficit, fût-il double, serait facilement comblé par une administration intelligente, laborieuse et probe, sans compromettre aucun intérêt national, sans léser aucun droit respectable. Il n'y a pour cela qu'à se mettre en action.

Il est inutile d'insister sur ce sujet et des réductions équivalentes au chiffre indiqué, ne doivent être considérées que comme le prélude de réductions plus énergiques. Sinon, une lutte entre subventionneurs ayant subi la ruine et subventionnés voulant inutilement s'y soustraire, paraît inévitable et modifiera la situation, par un désastre général.

Les intérêts du personnel des compagnies de transport seront-ils sérieusement atteints par l'élévation des droits de douane sur produits agricoles? C'est improbable, l'activité intérieure sera le remède. Ce personnel aurait bien plus à souffrir si pour la protection du transport des produits on oubliait la protection de la production.

Nos flottilles marchandes perdraient-elles de leur importance? Peut-être, jusqu'à ce que, par notre relèvement procédant d'une sage direction gouvernementale, nous puissions aller de pair avec nos concurrents.

Se basant sur la possibilité d'une réduction temporaire, la spéculation argumentera des services, que ces flottilles ne pourraient plus rendre aussi efficacement, en cas de conflit international.

Une récente expédition, pour laquelle l'État a dû fréter à prix extra élevés des transports étrangers, les nôtres ne pouvant être utilisés, dispense de répondre.

Si quelques entreprises maritimes ne savaient prospérer qu'au détriment de la production française, devrait-on la leur sacrifier?...

En somme, si le régime commercial actuel est maintenu, à quoi bon posséder des armées et des flottes ; bientôt la France n'aura plus rien à défendre, pas même les financiers et leurs alliés qui l'exploitent ; car, avant toute hostilité, ils seraient à l'étranger à côté des fonds qu'ils y ont placés.

———————

Si ces notes sont lues, les habitants des villes, se basant sur les apparences résultant des efforts de chaque cultivateur pour dissimuler encore sa détresse, taxeront d'exagération cet exposé de situation.

Il sera certainement qualifié en ce sens, par les riches agriculteurs amateurs, couvrant insoucieusement par d'autres revenus leurs pertes inconstatées. Mais elles recevront surtout cette qualification, par les cultivateurs encore à même d'obtenir de nouveaux prêts, ou craignant des exigences de remboursement. Ils savent que dans l'état moral du jour, le manque d'argent rend victime de toutes les défiances, de toutes les insolences, de tous les passe-droit ; et ils s'inspirent de ce dicton bien français : La fierté cache la misère.

Mais ils sont peu nombreux ceux qui sourient encore. Et bien nombreux les rires bruyants destinés à cacher des embarras inextricables et des désespoirs.

ASSURANCE AGRICOLE OBLIGATOIRE

Combien l'attitude de l'humble cultivateur, moitié salarié, moitié propriétaire, est émotionnante devant la dévastation de ses récoltes.

Il vient d'être frappé brusquement, brutalement, et regarde morne et presque sans comprendre ses champs hachés, ses herbages écrasés, ses arbres effeuillés, ses vignes changées en bois mort.

Courbé sous le poids du désastre, il cherche encore ses épis pleins de promesses, ses bourgeons rosés ; il n'exhale ni imprécations ni plaintes, impuissant du reste à les formuler dans sa stupeur.

Il voit avec effarement son travail perdu, ses espoirs anéantis, se demande vaguement pourquoi ; il rentre chez lui oppressé, le cœur gonflé ; puis, le lendemain, il revient recommencer l'œuvre, enlever les débris de ses espérances si chères, retourner la terre, cette terre qui lui a pris l'âme.

Il reprend son labeur pour tous, pour les autres d'abord ; car il sait que le meilleur de ce qu'il produira est pour de plus fortunés ; que des privations extrêmes sont réservées à lui et aux siens, de la naissance à la mort.

Ce sont des larmes qu'attire le sourire du tout petit enfant campagnard, ses yeux ont autant de douceur aimante que ceux des petits heureux et cet élan du cœur, qui dirige vers lui, fait considérer ses ascendants avec une commisération bien vive. Ils ont été ainsi !...

Les pauvres petits deviendront-ils comme eux, défiants, durs, assombris, las, sans espoir de repos.

Il n'y a donc rien à faire pour les déshérités de la fortune et de la science, pour les blessés, pour les meurtris, sous la haute civilisation ?

Répondra-t on : il existe des assurances contre la grêle, la gelée, etc. ; on le sait bien, mais l'ouvrier de la terre est trop dans la gêne pour avoir recours à des garanties si chèrement payées, et le mécanisme de ces institutions l'effraye ; car il a pu voir des efforts en tous sens, disputer aux assurés et détourner d'eux, lambeau à lambeau, une partie des indemnités qu'il considérait, lui, comme justement réclamées.

En l'absence d'instruction sociale, le grand nombre a besoin d'être dirigé avec autorité. A beaucoup et dans l'intérêt commun, il faut imposer les actes de nature à améliorer leur sort.

On qualifiera peut-être de socialiste, une proposition d'assurance agricole obligatoire. On aura raison si on ne confond pas le socialisme avec le communisme. Le premier organise et protège la propriété individuelle. le second en désire la destruction.

C'est pour la création et la conservation de la propriété individuelle, par des prélèvements sur les forces générales que les sociétés se sont formées, que le socialisme a réuni les hommes, en familles, en tribus, en nations.

Est-ce que toute réunion petite ou grande, nation ou cercle restreint régis par des lois ou conventions, ne vit pas du socialisme ?

La magistrature, l'armée, toutes nos administrations, ne doivent-elles pas leur entretien au socialisme ?... La nourriture de la nation est-elle moins utile à garantir que sa législation, sa défense, etc. ?

Malheureusement, parmi ceux possédant l'aisance ou la fortune, beaucoup élèvent la voix avec explosion, contre toute proposition de participation nouvelle aux dépenses sociales, sans distinguer, sans se demander, si le résultat ne sera pas une amélioration générale, dont ils recueilleront indirectement, mais continuellement, leur part de bénéfices.

L'industriel, le commerçant, peuvent abriter leurs produits, leurs marchandises. Le cultivateur, lui, doit laisser en plein air, soumis à toutes les éventualités, son précieux travail, dont l'accumulation représente l'alimentation, la vie de la nation.

Ne semble t-il pas urgent de créer une caisse de secours rurale, ayant pour base de ressources une taxe demandée à à tout possesseur du sol.

Sur 53 millions d'hectares formant son territoire, la France en possède 45 millions en rapport, cultivés, boisés, ou couverts de constructions, etc.

Moyennant un impôt annuel de deux francs par hectare, pour les terrains agricoles, y compris les bâtiments d'exploitation, et de vingt centimes par cent francs, sur le loyer des habitations des villes ou campagnes, non occupées par des cultivateurs, une somme que l'on peut évaluer à un minimum de quatre-vingt-cinq millions, payée pour les neuf dixièmes par la population agricole, serait annuellement disponible.

Les parcs, bois, étangs, terrains de chasse ou incultes des domaines de l'État ou des domaines particuliers, seraient taxés comme terrains agricoles.

Les pertes culturales résultant de gelées, grêle ou cyclones, donneraient seules droit à allocation.

Le produit de l'impôt serait, à mesure de l'encaissement, versé aux caisses d'épargne de chaque chef-lieu, par les percepteurs, et les dépenses de gestions, ministérielles, départementales et communales, seraient prélevées sur les intérêts en résultant.

Si le rendement des taxes était supérieur au chiffre des indemnités allouées, le surplus ne pourrait recevoir une autre destination immédiate. Mais placé en rentes sur l'État, il serait capitalisé pour le même usage, jusqu'à formation d'un fonds de réserve de vingt millions. L'excédent, s'il s'en produisait, serait ensuite annuellement affecté à la fondation ou au service d'une caisse de retraites ouvrières.

ÉVALUATION ET RÉPARTITION DES INDEMNITÉS

Dans chaque commune, sur la demande verbale des intéressés, un jury opérant gratuitement, choisi par le conseil municipal et présidé par le maire, constatera les dégâts et fixera un chiffre d'indemnité.

Le prix local, d'usage, des différentes façons ayant été opérées sur les surfaces ravagées, celui des semences ou plantations détruites, celui du loyer des terres atteintes et de leurs impositions, constitueraient le montant de l'indemnité due.

Une deuxième vérification serait effectuée au moment de la récolte, si la nature des cultures permettait d'espérer une atténuation des pertes.

L'indemnité fixée serait remise aux ayants droit avant le 15 octobre pour les terres de labour, cultures, d'oliviers, mûriers, amandiers, arbres à cidre, etc., et avant le 15 décembre pour les vignobles.

Dans les trois jours suivant la visite des experts, le chiffre des estimations et le nom des demandeurs seront affichés pour huit jours, au moins, à la porte des mairies.

Une attestation signée des experts, visée par le maire, et constatant le chiffre alloué, sera remise aux intéressés avec indication de la somme indispensable aux achats de semences ou de plants, s'il y a lieu d'y pourvoir sans délai.

Sur la présentation de cette pièce, un bon négociable, égal au montant de la somme d'achats à effectuer, sera immédiatement remis à valoir par le percepteur, au porteur, qui en présentera la demande et le reçu légalisés par le maire.

Cette attestation, rédigée sur papier libre, suffira, sans qu'il soit besoin d'en référer avant versement à aucun pouvoir administratif. La commune restera responsable en cas d'abus. Aucun créancier ne sera admis à mettre opposition sur tout ou partie de cette somme, dont l'emploi détourné de sa destination sera frappé d'une pénalité.

Les estimations des jurys de tout le territoire français seront centralisées au ministère de l'agriculture avant le 1er septembre. Si elles sont supérieures au revenu de l'impôt, une réduction proportionnelle sera fixée et un avis indiquant la somme disponible, le montant des demandes pour chaque département atteint, et le chiffre de réduction évalué en tant pour cent sera, avant le 1er octobre, affiché dans toutes les communes ayant subi des pertes.

Dix jours avant les paiements indemnitaires d'octobre et de décembre, chaque maire, sous la responsabilité de la commune, délivrera sur papier libre et sans frais, à chaque intéressé, le bon à toucher lui revenant et avisera le percepteur, lequel après un délai maximum de huit jours, sera tenu de verser intégralement, entre les mains du réclamant et contre remise de ce bon, le montant de l'indemnité allouée.

CONTROLE DES EVALUATIONS

En cas d'évaluation exagérée des pertes, le bénéficiaire devra en faire opérer lui-même la réduction, avant l'expiration des huit jours d'affichage qui suivront l'expertise, sous peine de perdre tous droits à la répartition si son allocation est réduite par vérification de contrôle.

Il y aura lieu de procéder à cette vérification, si elle est demandée au juge de paix par lettre signée de cinq habitants de la commune de l'expertisé suspecté, ou d'une des communes limitrophes.

Le jury d'une commune voisine désignée par le juge de paix, présidé par lui avec voix délibérative, contrôlera le travail des premiers experts. Sa décision prise à la majorité sera sans appel.

Les frais de vérification seront fixés par le juge et supportés par la commune de l'expertisé s'il y a réduction. Si le premier chiffre est maintenu, ils seront supportés par la caisse d'assurance.

———

C'est bien loin des hauteurs gouvernementales que ces lignes sont écrites. Trop loin sans doute pour y parvenir, trop sombres pour y être admises.

EXCURSOR.

IMPRIMEURS A ORLÉANS